SECRETOS DETRÁS DE LA PUERTA

AE

SECRETOS DETRÁS DE LA PUERTA

Matteo Luoni

A todos los que los luchan día tras día contra los verdaderos horrores que nuestra sociedad representa.

RELATOS

TERMÍNATE EL ALGODÓN

Muchas familias se divertían, los niños corrían y se tiraban al suelo a carcajadas, en las atracciones se anunciaban premios, ganadores y los tiempos de espera, que a decir verdad, no era necesario esto último. Extrañamente para una feria, los niños no estaban muy interesados en probar los juegos ni demostrar que tan valientes eran, como suele pasar a cierta edad. Una gran cantidad de ellos hacía fila para comprar los mejores pasteles, panes y dulces, los que exceden de azúcar y te dejan placenteramente satisfecho. El food truck, tan grande como la casa de los espejos, llevaba un gran letrero blanco neón por encima, se podía leer *El Señor Algodón*, y seguro que se podía observar a kilómetros de distancia. El brillo que emanaba de este era cegador pero igualmente hipnotizante y el contraste de esta luz con el cielo oscuro era una maravilla. Un viejo gordo con la panza asomándose entre su camisa y el pantalón atendía a todo su público. Su cuerpo era verdaderamente peculiar, no era muy ancho, sin embargo su estómago parecía poder soportar la comida de cuatro o cinco personas sin problema alguno. Recién rasurado, sonreía tanto como podía y sus dientes, a pesar de no tener la mejor higiene, no podían vencer esa mirada de alegría, la misma que generaba la confianza para que la fila de niños y uno que otro adulto, en vez de acortarse con el tiempo, creciera como enredadera por toda la feria.

Tommy no se fijaba en las cualidades del señor Algodón, él no podía dejar de mirar la grasosa papada y el par de verrugas que de ella colgaban. Sus padres le habían estado animando desde la tarde, el primer momento en que llegaron, que fuera a divertirse con sus amigos, pues al ser un pueblo pequeño era más que seguro que encontraría algún compañero de la escuela, pero su timidez era muchísimo mayor que sus deseos por divertirse y pasar un buen rato.

—Carly, ¿llevas a tu hermano por un algodón de azúcar? —preguntó la mamá de Tommy mientras Carla daba vueltas y ondeaba su vestido rosado.

—Pero yo quiero ir con Lucy, me están esperando. —respondió ella, que por ser sólo tres años mayor se sentía avergonzada, de inmediato sus grandes cachetes se pintaron de rojo, pero no de pena sino de rabia.

—Y tu amiga entenderá perfectamente que Tommy haga fila con ustedes, hazme caso o podemos ir cancelando tu fiesta de catorce años.

—¡Ay mamá! Esto es injusto —haciendo rabieta tomó a Tommy del brazo y lo llevó con ella— En cuanto tengas tu algodón te regreso con mamá. —sentenció Carla mirando fríamente los ojos marrones de Tommy.

—Pórtate bien, aún podemos cambiar de opinión. —amenazó su mamá tratando de evitar la mala actitud de Carla con su hermano.

Tommy caminaba más por la fuerza mientras veía como su mamá desaparecía lentamente entra la multitud. No era del todo un niño inseguro, simplemente toda su vida había encontrado muy difícil el comunicarse con otros, incluso con su propia familia y de cierta manera sentía protección estando cerca de su mamá.

Casi llegaban a la ubicación donde Lucy les apartaba un lugar cuando un adolescente desconocido le pisó sin darse cuenta, Tommy se limitó a mirarlo con recelo, pero no pudo evitar percatarse de algo muy particular; su esencia, el olor que emanaba del chico era algo muy parecido a los bastones de caramelo típicos de Navidad con una ligera diferencia, un aroma adicional se fundía con aquel tan tradicional, uno que suprimía lo placentero de él pero no pudo identificarlo, su olfato aún no tenía un amplio catálogo.

—¡¡Carla!!

—¡¡Lucy!!

Ambas niñas se abrazaron como si no se hubiesen visto todo el otoño, pero lo único que las había separado eran seis horas después de las clases.

Lucy jugaba con su coleta sobre la espalda de Carla y ella hacía lo mismo con su coleta doble sobre la espalda de Lucy, era un extraño saludo, uno que Tommy encontraba muy divertido.

—¿Qué está haciendo tu hermano aquí? —dijo Lucy con el característico tono de niña fresa al darse cuenta de la temerosa risa de él.

—Mi mamá me obligó a traerlo conmigo, quiere que le demos algodón.

—¡Qué horror! ¿En qué piensa tu mamá?

—Sólo ignorémoslo, es suficientemente pequeño para hacer como si no existiera, ja, ja.

Encogido de hombros, Tommy no pudo responder lo que pensaba, no sabía si era un simple temor menor o verdaderamente era muy cobarde como para hacerle frente a su hermana y su amiga, tenía algunos insultos preparados para Carla en su cabeza; tales como "cuatro ojos", "gorda como pelota", y "ojos de sapo" y para Lucy, "tu mamá se baña en calzones" y "moco embarrado" por el excesivo uso de gel para peinarse, para lo cual no existía mejor descripción.

La fila avanzaba con lentitud, Tommy había sido excluido por completo de la conversación de las niñas, aunque a él no le importaba mucho para ser sinceros. De vez en vez pasaba gente con rudeza entre los formados, rompiendo la línea, por ello intentaba mantenerse muy cerca de ellas, a pesar del desagrado que sentía por su hermana, le parecía mucho peor la idea de alejarse o peor aún, perderla de vista.

Un desfile nocturno invadió la feria, deteniendo por algunos instantes las compras y con ello, el avance de la fila, lo cual resultaría en alargar la compañía con su hermana. Intentando desviar su mente un poco, Tommy comenzó a observar a detalle el desfile, le parecía interesante y a la vez aterrador la manera en que portaban los trajes y disfraces los involucrados.

Al frente, por encima de un carruaje dorado y con grandes ruedas muy al estilo de Disney, iba una hermosa hada, su cabello era morado y sus alas verdes y pequeñas, una corona plateada y una varita iluminada tan grande como una escoba terminaban de darle vida al personaje principal.

Un séquito de personas con enanismo, la mayoría con acondroplasia, separaba al carruaje del siguiente móvil. Iban disfrazados de elfos mágicos y con el cabello teñido de todos los colores posibles, algunos habían pintado su piel de tonos azulados y otros más de blanco. Bailaban y cantaban bajo sus trajes ajustados al ritmo que marcaban las bocinas detrás, en la plataforma vestida de rojo con olanes verdes fosforescentes que llevaba a un hombre disfrazado de algo parecido a un centauro, este, desnudo de la cintura hacia arriba, tenía los ojos naranja por fuera y amarillo por dentro, un par de cuernos pequeños en la sien, y por encima de sus puntiagudas orejas llevaba unos cuernos más, parecidos a los que lucen los muflones. El resto del cuerpo, similar al de un caballo parecía estar fijo sobre la plataforma. Con su arco lanzaba flechas al público, flechas de dulce, y todos, incluso los adultos peleaban por ellas.

Justo detrás, probablemente dos o tres veces más grande que el primero, otro séquito de elfos hacia acrobacias como en una rutina de porristas, se subían unos en los hombros de otros y se lanzaban por los aires dando vueltas y maromas increíbles.

Apenas unos metros atrás, esta vez de cristal, una nueva plataforma sobre seis ruedas se acercaba vacía, la música al frente se detuvo y comenzó un sonido ambiental de suspenso, humos oscuros llenaban la superficie poco a poco, entonces todo quedó en silencio. De la nada unas chispas convirtieron toda la neblina en una especie de fuego que se consumió rápidamente y apareció como por arte de magia un hechicero, la túnica negra y su larga barba eran la parte tradicional del disfraz pero la otra parte, un poco lóbrega, estaba compuesta por una máscara extraña como las que se usaban en la inquisición con huecos donde van los ojos y una esfera cromada en ambas manos.

Una vez su imagen se hizo totalmente visible, la música y el ruido continuaron, el hechicero permaneció parado sin hacer mayor movimiento más que mirar de izquierda a derecha una y otra vez observando a todos los aplaudidores.

Tommy estaba muy encantado con el desfile, realmente distraído. Sus ojos se encontraban clavados en la máscara del hechicero pues era un tanto enigmática. Una clase de efecto *glitch* lo sacó del encanto, primero pensó que no había sido más que una ilusión óptica o alguna basura pasando cerca de sus ojos pero pudo comprobar que no era así en el momento que el disfrazado quedo totalmente al frente de su mirada. Una extraña y terrorífica creatura parecía haber tomado el lugar del hechicero, un sujeto calvo de extrema delgadez con una bata blanca de paciente se retorcía regocijantemente, miraba incansable a todos en la fila del señor Algodón, y la imagen se volvió peor cuando abrió la boca y de allí salió una lengua delgada y larga, tan larga que podría envolver su propio cuerpo si así lo quisiera. De nuevo la imagen del hechicero tomó lugar. Tommy quedó paralizado y por poco moja sus pantalones, pero al notar que nadie más a su alrededor estaba aterrado y que seguían gritando y aplaudiendo de emoción, empezó a creer que todo había sido producto de su imaginación.

Se notaba perturbado, creía firmemente que lo vio de verdad existió pero el ser el único afectado por ello hacía que dudara de sí mismo.

—¡Tommy! —gritó Carla desesperada, a lo que él reaccionó con un salto del susto—. Avanza antes de que nos quiten nuestro lugar.

—¿Siempre es así de lento tu hermano? —preguntó Lucy con la intención de hacerlo sentir mal.

—Imagina vivir con él —ella puso los ojos en blanco y le dio la espalda a Tommy dando a entender que no lo esperaría más.

—Espérame —por fin pronunció Tommy con un poco de temor.

—Creí que ya estaba muerto, ja, ja —quiso bromear Lucy sin conseguir el efecto buscado, aún para su amiga.

—Anda ya, no voy a perder mi algodón por ti —dijo Carla antes de seguir avanzando.

La fila siguió avanzando, por ratos despacio y por ratos a paso apresurado, dependía de la cantidad de comida que comprara cada cliente; porque aunque sea difícil de creer había quienes decidían abastecerse para no volver hasta el siguiente año.

Fuese como fuese, Tommy se había relajado, los minutos allí formado y ver que todo era tan normal como siempre, le hizo entrar en razón.

A pesar de tener sólo diez años, era un niño bastante sensato y nunca había creído en fantasmas ni demonios ni monstruos o ninguna clase de personaje fantasioso que saliera de un libro o historia.

Estaban ya a sólo tres personas de poder comprar, su mamá pasaba por ahí y se acercó para saludarles, con ello, Tommy terminó de recuperar la seguridad.

—¿Qué tal, la están pasando bien? —se anunció a los tres su mamá.

—¡¡¡Esto está increíble!!! —dijo Lucy entusiasmada.

—Muy divertido mamá —respondió Carla con más serenidad.

—¡Qué bueno niños! ¿Necesitan más dinero?

—Amm… —respondieron al unísono ambas niñas.

—Tomen un poco más, disfruten los dulces —sacó un par de billetes de su mano como si ya supiera la respuesta por adelantado—. Síganse divirtiendo niños —sonrió y alborotando con su mano el cabello de Tommy partió de nuevo entre la multitud.

Tommy dio un par de pasos más y a la vez intentaba arreglarse el cabello.

—¿Día complicado amigo? —preguntó el señor Algodón con voz áspera por encima del mostrador.

Se resignó con asentir mirando hacia arriba mientras el señor Algodón esbozaba una gran sonrisa de oreja a oreja como lo había hecho durante toda la noche. Observó a los tres niños con cuidado, calculadoramente y aprovechó la pausa para rascarse las verrugas con sus uñas cubiertas de grasa y algo que parecía moho. Momento que aparentemente únicamente Tommy notó.

—¿Qué van a querer pequeños? —preguntó de nuevo pero esta vez baba le escurrió de los labios.

—¡¡¡Un algodón de azúcar!!!

—¡¡¡Un algodón de azúcar!!! —gritaron las dos sin la misma sincronización de antes.

—¿Y para ti, jovencito?

—Na… nada, gracias. —respondió Tommy con timidez pero intentó ser valiente.

—Eso no es posible —reviró con seriedad—. Nadie puede salir de la fila sin comprar algo del grandioso señor Algodón —sus ojos se dilataron palabra a palabra mostrando unos ojos grisáceos.

—Sólo pide algo o mamá cancelará mi fiesta de cumpleaños.

—¿En serio dijo eso? —preguntó Lucy con genuina sorpresa.

—Un panque de zanahoria —dijo con voz temblorosa Tommy sin despegar su mirada de sus ojos.

—Enseguida vuelvo con sus deliciosos postres —dijo el señor Algodón sin poder evitar chuparse los labios, que ahora ya tenían grietas con sangre.

Tommy se frotó los ojos, sentía que estaba por volverse loco, ¿por qué su hermana y su amiga no se quejaban de eso? ¿Podían ver lo mismo que él veía? A decir verdad eran emociones muy complicadas para un niño de diez años y no sabía explicarlas pero estaba sintiendo una combinación de miedo, ira y confusión.

—Aquí están sus pedidos —dice antes de volver a aparecer en el mostrador, ahora más limpio, sin sangre ni moho, incluso sin verrugas.

—¡¡Yujuu!!

—¡¡Oleee!! —corearon las niñas.

—Vamos de regreso con mamá, Tommy —aclaró Carla.

—Vuelvan cuando quieran amigos —dijo más a manera de orden que de invitación y guiñó el ojo de manera descoordinada.

—¿Por qué eres tan raro, niño? —preguntó Lucy despectivamente. Tommy la miró de reojo y agachó la cabeza de pena.

—Es todo un freak —remató Carla.

Tommy no pudo más que dejar caer algunas lágrimas y buscó esconder la cara a toda costa, misión sencilla ya que ambas niñas no le prestaban la más mínima atención.

—¿Vas a ir a la fiesta de Vanessa?

—Espero que mamá me dé permiso.

—¡¿No has preguntado?! A mí ya me dieron permiso mis papás, mañana iremos por su regalo.

—Yo no sé si pueda llevarle algún regalo, escuché a mamá hablar de algunos problemas para comprar cosas.

—Si quieres puedes ir con nosotros para que compres el regalo.

—Yo creo que puedo regalarle a Tommy, ja, ja, ja.

—Ja, ja, ja, ja, sería lo mejor.

Tommy no había hecho más que escuchar la conversación todo el camino para llegar con su mamá pero cada segundo se sentía más y más triste, se sintió afortunado al verla a unos metros de distancia sentada en una mesa leyendo algo en su celular. Sin poder soportarlo por más tiempo se echó a correr llorando.

—¡Desearía que no fueras mi hermana! —alcanzó a imprecarle antes, algunos ajenos escucharon el grito y detuvieron sus actividades por un momento, no sin mirarlos con disgusto.

Corrió más que nunca y no quiso mirar atrás pero aquel fue su mayor error pues una vez que llegó con quién pensó que era su mamá, se dio cuenta que no lo era, de hecho era totalmente distinta a ella, esta señora era diminuta, gorda y de cabello blanco como estropajo. Una vez que tuvo al pequeño niño de frente lo miro como si quisiera comérselo, sin darle la oportunidad de reaccionar lo tomó fuerte por ambos brazos y lo acercó a ella para olerlo, no debió ser lo que esperaba porque enseguida mostró un asco como si se tratara de la peor basura o un queso barato añejado y lo arrojó al suelo, lejos de su nariz.

El pequeño niño, aterrado y jadeante, se puso rápidamente de pie, miró a todos lados buscando a su hermana pero no la vio a ella ni a su amiga, ni a nadie más, donde antes había ríos de gente, ahora sólo quedaba un lugar desértico, abandonado, sin rastro de las personas extasiadas de felicidad que reían por cualquier situación menor. Todas las luces y sonidos se perdieron, el neón en el que se leía *El Señor Algodón*, se había tornado rojo y ahora tenía un aspecto pavoroso con algunas fibras y fluidos resbalando por los costados de cada letra. Una gran neblina espesa comenzaba a llenar la superficie y poco a poco se elevaba hasta llegar al cuello de Tommy.

La desesperación que sentía no podía ser mayor y su corazón latía a mil por hora, como cualquier niño de su edad hubiera hecho, la única reacción que pudo concertar fue cerrar los ojos tan fuerte como sus párpados se lo permitían, esperando que al volver a abrirlos todo regresara a la normalidad.

—¿Tommy, te encuentras bien? —una voz suave y dulce apareció en la oscuridad.

Abrió los ojos, para su mala suerte todo seguía igual, pero esta joven mujer se encontraba de frente a él tendiéndole la mano, sus ojos verdes tenían algo que le hacían recordar a su mamá, se veían menos cansados y más luminosos, pero era suficiente para hacerlo sentir ligeramente más tranquilo.

—Anda, toma mi mano, te llevaré a un lugar seguro —dijo la mujer amable con una linda sonrisa en su rostro.

—¿Sabes dónde está mi mamá? —preguntó Tommy ingenuo.

—Claro, está con los demás, debajo de esa carpa de allá —señalo por su espalda a través de la neblina—. ¿Ves? Allí estamos todos esperando que pase la neblina.

—¿Y mi hermana?

—Está con tu mamá y Lucy, te están esperando.

Él asintió pusilánime. Tomó su mano y caminó con ella en dirección a la carpa.

—¿Ya comiste algo?

—Mamá me dio una sopa antes de venir.

—No me refiero a eso, sino algo del señor Algodón.

—Amm… no.

—En la carpa te daremos algo para que te sientas mejor.

—Pero no se me antoja.

—Eso no importa mi amor —dijo apretando con fuerza su mano.

La carpa estaba a escasos pasos de distancia, el temor volvió al niño e intentó soltarse de la mujer pero estaba más que claro que no poseía la fuerza necesaria. Ella se hizo paso entre la lona que cubría la entrada, de un tirón metió a Tommy y una vez dentro, le soltó.

No había gente escondida, lo que sí había era una cama de pasto que cubría toda el área y encima de ella, fijada con grandes clavos, una gran mesa de madera negra, cuadrada y rústica y sillas con las mismas características alrededor donde podrían sentarse hasta ocho personas, todos los elementos tenían rayones y marcas que parecían ser señales de tortura, por supuesto que Tommy no percibía eso, pero vaya que moría de miedo.

—¿Dónde está mi mami? —preguntó al borde del llanto.

Nadie contestó, la mujer se había desvanecido sin dar aviso.

Desde fuera se escucharon pasos de distintas personas que se aproximaban a la carpa, sin pensarlo Tommy se escondió debajo de la mesa, lo cual no serviría realmente para mucho.

—Ha sido el único niño que no ha probado de tus dulces —regresó la voz de la mujer, entrando de nuevo.

—No pasa nada, no hay necesidad de espantar al niño —contestó el señor Algodón—. Vamos, sal de ahí amigo, puedo verte, no tienes por qué temer.

Tommy se alzó temeroso, pero con buen juicio, decidió quedarse del lado contrario de la mesa. El hada, el centauro y el hechicero también estaban presentes en formación como impidiendo que el niño pudiera escapar. El hechicero mostraba la misma actitud apagada del desfile pero los otros dos habían perdido la sonrisa de sus rostros.

—¿Dónde está mi mami? —preguntó ahora sí con llanto.

—Está bien, pero antes de llevarte con ella me pidió que te cuidara un momento y que te alimente bien, es por eso que debes comer este algodón de azúcar —de la espalda como por arte de magia sacó un algodón, se acercó despacio y con cuidado a la mesa y estirándose tanto como su cuerpo gordo le permitió le entregó el mismo a Tommy, quién lo tomó con mucha desconfianza.

—Pero no quiero esto.

—Termínate el algodón.

—Termínate el algodón.

—Termínate el algodón.

—Termínate el algodón.

—Termínate el algodón.

Lo mismo dijeron todos como si de un coro se tratara, un coro tétrico, desafinado y muy mal compaginado.

Tommy consideró comerlo para no ser víctima de alguna locura que ni siquiera podía pensar. Mirando fijamente al dulce lo llevaba hacia su boca, un instante antes de probarlo por primera vez el algodón se volvió un asqueroso cúmulo licuado con grumos de sangre coagulada, cabello, fluidos indistinguibles, un riñón, algún hueso y hasta unos trozos de uñas se alcanzaban a observar, se desprendía de él un olor más que desagradable, como el que salía de aquel adolescente que le pisó antes, pero con mayor concentración.

Lo arrojó al suelo y se quedó mudo, miró hacia al frente donde estaban los hombres y mujeres disfrazados y justo como ocurrió antes, extrañas creaturas habían tomado sus lugares y caminaban directo a él.

El señor Algodón era ahora una masa grasosa y deforme con extremidades disparejas y moscas por todo su ser, tres dedos gordos en cada intento de mano y uñas largas y amarillas iban cayendo mientras caminaba, el hechicero era el mismo sujeto calvo con una larga lengua, la arrastraba por el pasto y esta iba dejando manchas de sangre, también la levantaba al aire y la ondeaba saboreando un aperitivo cercano, ahora con la cercanía se podía notar mejor como su piel moldeaba a la perfección su esqueleto. El hada se había transformado en un sujeto alto sin ojos, su piel era gris y unos grandes colmillos salían de su mandíbula perforando su encía, en ambos costados de la cabeza tenía un par de huecos que suponía eran los oídos, su cabeza y su cuerpo no estaban unidos por un cuello sino por unos nervios gruesos y rugosos, como raíces de un árbol. El cuerpo del centauro parecía haber sufrido un accidente, un gran saco peludo lleno de huesos rotos y retorcidos se agitaba como tratando de acomodarlos por dentro, su cara se había quedado a media metamorfosis entre muflón y caballo y entre ambas combinaciones, se podía notar una especia de corte donde además de sangre, se lucían tejidos en carne viva. Y la mujer de la dulce voz era la propia anciana que le había engañado en la mesa de fuera, en comparación con el resto, ella lucía inofensiva.

Tommy intentó correr o gritar pero no consiguió ninguna de las dos, estaba petrificado por completo, los segundos pasaban en una eternidad para él.

Por fin logró levantar una pierna pero ya era tarde, cada una de las creaturas lo tomaron de los brazos y piernas y el cuello.

Despertó sudado y agitado dando un enorme brinco de su cama, arrojó las sábanas y cobijas al lado contrario de sus piernas. Con miedo y respirando por la boca se levantó, prendió una pequeña luz en su escritorio de junto y salió de su cuarto. Vio una luz cruzando el pasillo hacia la sala, por lo que se dirigió hacia allá. Al llegar a la esquina se asomó y ahí estaba ella, sentada en el sofá viendo hacia la calle por la ventana. Sintió la desmedida necesidad de abrazarla pero también creyó que sería algo demasiado cobarde y sólo mostraría que seguía siendo un pequeño bebé que moja la cama, por eso decidió no interrumpirla y regresar a dormir.

Justo a un lado de la sala había una puerta que daba a un pequeño espacio que ocupaban de bodega, esta empezó a abrirse con lentitud una vez que Tommy regresó a su habitación. Un par de rechinidos después, la puerta daba el espacio suficiente para que él saliera, era el señor Algodón lamiendo sus uñas cubiertas de sangre y regresándolas a sus respectivos dedos, tomó la piel crujiente de la mamá que reposaba como escultura en el sofá y la arrojó al basurero del otro lado.

Se deleitó con el sabor en su boca una última vez y emprendió el camino a la habitación de su hermana, después de todo, parecía que el deseo de Tommy estaba por hacerse realidad, Carla no sería más su hermana.

HOLA, SERGI

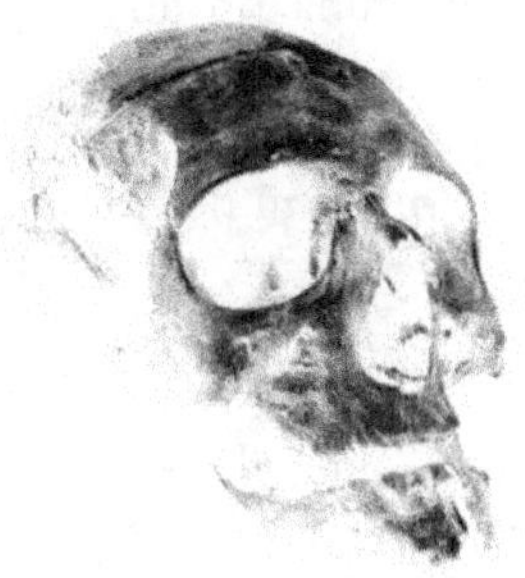

Las tareas del hogar me agobian, no esperaba pasar todo mi sábado metida en el cuarto de lavado quitando manchas de ropa, busco pretextos que me hagan salir de aquí pero no puedo seguir postergando esto, si tan sólo hubiera tenido más cuidado antes con el perro, no estaría aquí limpiando sus asquerosidades. Me hace sentir fatal cada que veo algún vecino en su bicicleta bajo este maravilloso sol. Este verano no ha tenido muchos días como este y encima mis padres no están, de sólo imaginar todas las posibilidades que estoy desperdiciando quisiera darme un tiro.

Tengo la música en las bocinas de la sala a medio volumen, eso y que dejé el móvil en mi habitación casi hacen que pierda la llamada de Sergi, mi mejor amigo, por suerte soy una ninja subiendo las escaleras y alcanzo a tomarla, encima me funciona para distraerme un rato.

—¡Qué tal Sergi!, ¿cómo estás?, cuéntame que pasa en tu vida ahora.

—Algo no está bien Andy, necesito tu ayuda. —contesta muy agitado, como si tuviera miedo.

—Oye, tranquilo, ¿qué pasa?

—No sé, no lo entiendo, hay una cosa rara conmigo.

—Pero no te entiendo nada, ¿quién está contigo?

—Hace tres días comencé a escuchar una voz, me sigue a todos lados, está aquí en casa.

—Si es una broma será mejor que pares.

—Que no es ninguna broma, joder. Apareció en mi cuaderno de notas.

—¿Qué es lo que apareció?

—Mi nombre, hola y mi nombre, lo mismo que dice la voz.

—Amm… tengo muchas cosas que hacer, si vas a seguir jugando…

—¡No es un juego! —ha entrado en más desesperación, no sé si creerle o si me está tomando el pelo, con eso de que se ha puesto de moda los desafíos en las redes, no me sorprendería que estuviera grabando la conversación, pero seguiré el rollo.

—De acuerdo, de acuerdo pero si me hablan mis padres tendré que colgarte.

—No te vayas, no me dejes por favor.

—Bien, aquí me quedo. ¿En dónde estás ahora?

—Estoy fuera de casa, en mi patio.

—¿Y tus padres?

—En casa de mi hermano, fueron a ver al bebé, les he dicho que no quería visitarlo ahora, no quiero ponerlos en riesgo.

—¿En riesgo de qué?

—¡¿Pero que no has escuchado nada de lo que te he dicho?! ¡Viene por mí!

—¿La voz?

—¡La voz!

—¿Pero, puedes verla?

—No se puede ver, sólo está aquí.

—Pero ahora estás completamente solo, ¿no?

—Se detuvo cuando te llamé.

—¿Qué se detuvo? —en serio que me está volviendo loca, creo que prefiero regresar a lavar.

—Los ruidos, el frío, todo lo raro.

—¿Puedes describírmelo mejor? Ya hace unos minutos que te dejó en paz.

—Creo que sí.

—El martes…

—O sea hace cuatro días.

—Ajá, hace cuatro días salí a dar una caminata.

—Hacía mucho frío hace cuatro días, ¿cómo pudiste hacer eso?

—Entonces lo escuché por primera vez, con una voz áspera, como un anciano ronco… pensé que alguien bromeó.

—¿Qué fue lo que escuchaste?

—La voz, lo que te he estado diciendo.

—¿Y dices que decía tu nombre?

—Hola, Sergio, eso es todo.

—¿Y qué tiene eso de malo?

—Que está por todos lados, como tú, no le di importancia, sólo era una voz y nada más, en casa, en la calle, hasta en el auto con mis padres, ellas nunca pudieron escuchar nada.

—¿No tomaste de tus cosas, verdad?

—No Andy, no hay ninguna clase de droga en mi cuerpo, me aterra que con los efectos esto empeore.

—¿Has hablado con alguien más de esto?

—No tiene sentido, si no lo escuchan no me creerán, como tú —perfecto, ahora me hace sentir mal.

—Te creo, ¿de acuerdo?

—Está bien, yo también dudaría.

—¿Te sientes mejor?

—Un poco, por favor no cuelgues.

—No lo haré.

—No quiero que siga sucediendo.

—Ya no va a pasar.

—¿Cómo lo sabes?, no es sólo la voz.

—¿Qué más?

—Los textos, en mi cuaderno vi como de la nada se escribía lo mismo, sólo hola y mi nombre, también pasó con el césped, de la noche a la mañana todas las plantas murieron. Las luces se encienden y apagan por sí solas, me doy la vuelta y las cosas no están en su lugar, las puertas se abren cuando anochece. Veo sombras.

—Eso no suena bien —aún me cuesta creerle, tal vez esté pasando una situación complicada.

—Quiero que se detenga —parece que va a llorar.

—Todo va a estar bien, ¿por qué no vas a tu cama y descansas?

—Tengo miedo.

—Hace rato que no pasa nada, ¿no?, aquí estaré del otro lado del teléfono.

—Lo intentaré.

Escucho como desliza la puerta de cristal de su casa, la única vez que tuve la oportunidad de ir, choqué con ella, estaba increíblemente transparente, seguro las aves se dan de topes todo el tiempo.

Ahora lo escucho subiendo las escaleras, tiene un caminar muy peculiar, como si llevara una tonelada en cada pie, y por fin creo que llegó a su habitación porque ya no hay más ruido.

—¿Ya estás en tu cama? —pregunto para volver a saber de él.

—Sí —ha perdido el ánimo, bueno, nunca lo tuvo pero ahora es totalmente vacío.

—¿Has dormido?

—No desde aquel día.

—Puedes hacerlo ahora.

—Sólo cerraré los ojos unos minutos, despiértame si no vuelvo contigo en quince.

—Dalo por hecho —obviamente no lo haré pero es obvio que le hace falta, ha imaginado más cosas que cuando era niño.

Si sigue así no tendré más remedio que hablar con sus padres. Mientras tanto seguiré arreglando el desastre del perro, él duerme y yo limpio, qué chulada.

—¿¡Qué ha sido eso!? —Es una fortuna que haya puesto el altavoz.

—¿Qué ha sido qué? —dejo de hacer mis cosas y vuelvo a ponérmelo al oído.

—Se ha azotado una puerta.

—Tal vez son tus padres.

—No se suponía que regresaran hasta mañana en la tarde, y no se suponía que me dejaras dormir tanto tiempo. ¡Ya oscureció!, ¿¡estás loca!?

—Necesitabas dormir.

—¡No! Lo que necesitaba era que me despertaras, ahora no podré salir de aquí.

—Calma, no ha pasado nada.

—¡Pero eso tú no lo sabes!

—Paso a paso, ¿okey?, ya viste si no son tus padres, puede ser que hayan decidido volver antes, sorprenderte en caso de que estuvieras haciendo una fiesta.

—No seas tonta, odio las fiestas, ya saldré de mi cuarto, no hagas ruido.

Me doy cuenta que intenta ser sigiloso, lo logra, pero aún así puedo escuchar sus pasos, será que estoy muy acostumbrada a oírle cuando llega tarde a clases e intenta que nadie se dé cuenta.

Se queda todo en silencio, no sé qué está pasando pero lo odio, ahora también estoy nerviosa. Miro alrededor del cuarto de lavado para asegurarme que todo está en orden, mis padres no están y no quiero caer en el mismo juego mental.

Siento que ya tardó Sergi pero sólo han pasado segundos, muero de nervios.

—¡¡Aaaah!! —Sergi grita, está ocurriendo, una puerta se azota.

—¡¿Qué pasa?!

—Ahí está —dice más agitado que nunca.

—¿Quién?

—La voz, y hay sombras abajo, no son mis padres, salieron de la puerta.

—¿Quieres marcarles por teléfono?

—¡No! No me cuelgues, puedo mandarles un mensaje.

Suenan teclas, está escribiendo muy rápido, me ha contagiado la adrenalina porque mi corazón se ha acelerado.

—Listo, en cualquier momento me van a contestar y todo estará bien.

—Así será, ¿quieres que hable a la policía?

—¿Y decirles qué, que escucho ruidos y tengo miedo porque mis papis no están?

—Sólo era una opción.

—Lo sé, perdona.

—¿No puedes salir por tu ventana?

—Está muy alto.

—Ya lo has hecho antes, ¿recuerdas? La vez que fuimos al concierto de los *Doors*.

—Bien, lo intentaré.

—Tú puedes.

Parece que ha guardado el móvil en su bolsillo, está levantando su persiana y seguro eso es su ventana abriéndose.

—¡¡¡Aaaah!!!

—¡¿Qué sucede?!

Escucho un golpe, creo que cayó. El móvil debe haber caído un poco lejos porque suena así, lejos.

—¡¡Sergi!! ¿¡Estás bien!?

Escucho más golpes, gemidos y una lucha. Estoy no muy nerviosa, lo que le sigue.

—¿¡Qué quieres de mí!? —lo escucho de nuevo.

—Hola, Sergi —una voz extraña y siniestra aparece, se me enchina la piel. Debe ser lo que intentaba decirme antes.

—¡Todo va a estar bien Sergi! —intento animarle a la vez que de mis ojos escurren algunas lágrimas. Debí prestarle más atención, ir a su casa.

La lucha sigue, hay más golpes, el césped hace lo suyo, como si alguien estuviese siendo arrastrado.

—¡Aaaah! —escucho de nuevo pero cada vez más lejos, hasta que todo queda en silencio.

No puedo resistirlo y comienzo a llorar, ¿qué ha pasado? No puedo reaccionar, el móvil está pegado en mi oído, un coche pasa al fondo.

De pronto escucho pasos pesados acercándose, debe ser Sergi, me va a decir que todo fue una broma, maldito. Está levantando el móvil del suelo, espero su risa burlona.

—Hola, Andy —y eso es todo, cuelgan.

No ha sido Sergi, ha sido la voz, áspera, de anciano. Siento como mi cuerpo se torna pálido, mi llanto para a la vez que escucho un rechinido detrás de mí.

EL FAVORITO

Hay quienes consideran nuestro lugar de trabajo como un segundo hogar, convivimos con las mismas personas durante tanto tiempo que se vuelven parte de nuestra familia, y todo eso es normal, o no, depende que tan importante sea para ti la familia.

Álvaro había estado llegado tarde a la oficina toda la semana, sus problemas con el alcohol le pasaban factura cada mañana cuando se daba cuenta que era demasiado tarde para remediarlo, pero este día sería distinto, era viernes y podía tomar lo que quisiera sin preocuparse de tener que levantarse temprano en sábado. Tanto era su cinismo que antes decidió llevar algo de vodka en un termo para café, no pensaba malgastar la tarde entera mirando como el reloj avanzaba con lentitud, si el fin de semana no llegaba a él, él iría detrás del fin.

Llegó por la entrada principal, creía que no lo notarían, pero claro, el estado en el que a tan tempranas horas se encontraba no le permitía notar con antelación que todos los escritorios miraban hacia ese preciso cristal.

Las primeras burlas no tardaron en aparecer, y teniendo en cuenta que entre cada uno de esos escritorios, sillas y demás, había cables atravesados que harían del camino a su lugar toda una travesía.

—¿Todo bien en casa Alvarito? —dijo un compañero arrojándole una bola de papel.

—Ese mi copas locas, buenas tardes —se mofó otro mostrando sus grandes dientes.

—Ya deberías traer para todos, a ver, pásanos tu termo —dijo uno más.

Ese último comentario obligó a Álvaro a intentar ocultar su termo, como si no lo hubiese visto ya la oficina entera.

Casi como un milagro consiguió llegar a su lugar sin perder el equilibrio, haber evitado el aire desde que salió de casa y tomar un taxi parecía funcionar. Parpadeó un par de veces para asegurarse de enfocar debidamente en su monitor, lo encendió y mientras arrancaba la interfaz levantó su termo para dar un sorbo.

Eran escritorios individuales, cada uno con un ordenador; su pantalla y teclado y mouse. Algunos tenían montones de folders amarillos con tareas dentro pero no Álvaro, era el favorito del jefe, o al menos eso parecía porque rara vez tenía asignaciones pendientes, motivo por el cual había iniciado a beber sin importarle atender el horario laboral. Encima de eso, se daba el lujo de mirar series o películas pues para su fortuna, el único escritorio detrás del suyo se encontraba desocupado y no había quién pudiera verlo y juzgarlo.

Hacía tiempo que la compañía buscaba un elemento más para llevar el manejo de sus redes sociales, catorce viernes al hilo que se presentaban distintos candidatos y no habían conseguido la persona ideal para el puesto. Hoy se presentaría uno más al final del día para el puesto, para ocupar el escritorio que provocaría que Álvaro no pudiera realizar sus importantes tareas sin quedar expuesto.

Restándole importancia por estar seguro que sería otro candidato sin éxito, se colocó sus auriculares de diadema y dio clic para reproducir un documental sobre el calentamiento global que, según él, le aumentaba el antojo de unas birras frías para la hora de salida.

—Álvaro, pst —le buscó Bruno a las seis en punto, era momento de salir a divertirse.

—¿Qué?¿Qué pasó? —respondió adormilado abriendo los ojos.

—Ya es hora, vámonos por unas birras —pateó su silla haciéndole tambalear.

—Ya era tiempo, pensé que nunca terminaría este viernes.

—Ahora sí estás despierto, ¿verdad? —dijo Lucía desconectando su ordenador y levantándose de su asiento.

—Siempre, ese es mi secreto —respondió Álvaro en sus cinco sentidos, ayudado por la larga siesta que tuvo.

No se sentía mejor ni peor que estando bajo los efectos del alcohol, para él sólo era una forma de vida y le gustaba no tener la habilidad de caminar en línea recta.

Salió Álvaro detrás de sus compañeros a la vez que entraba el nuevo candidato, lucía muy joven y era tan delgado y pálido que podría pasar por un adolescente nórdico malnutrido. Saludó al resto con una señal de amor y paz e incluso sostuvo la puerta para que todos y cada uno pudieran pasar, era evidente que llegaba con confianza, quería incluirse desde ya al equipo de trabajo y grupo de amigos.

Recién había sido el cambio de horario por lo que el cielo estaba más oscuro de lo que estaban acostumbrados, la gente comenzaba a inundar las calles dirigiéndose a sus bares preferidos, para Álvaro no era distinto a lo que un niño siente cuando va a un parque de diversiones con su colegio.

—¿Cómo estuvo tu día? —preguntó Bruno dándole un golpecito por la espalda para amenizar el recorrido hacia el bar.

—Pesado, movido, como siempre, ¿y el tuyo? —respondió Álvaro sin mirarlo, esperando que no notara su mentira.

—Ja, ja, ahora sí me hiciste reír —se burló—. Todos sabemos que no haces nada, puedes dejar de fingir.

—¿?Co… cómo? —tartamudeó él, sin saber cómo mantener la mentira.

—Sabemos que malgastas el tiempo en series, pero relájate, sabemos que eres el favorito del jefe, no es tu culpa.

—Ooh, ya veo y, ¿eso está bien?, ¿no les molesta? —preguntó sorprendido.

—Para nada, nos pareces muy amigable y siempre nos diviertes con tus ocurrencias, seguro el jefe te considera la porrista del equipo, ja, ja, ja.

—No sé si sentirme alagado.

—Yo creo que es bueno, eres parte fundamental, después de todo sin ti no seríamos tan eficientes.

—Supongo.

—Oye, ¿pero viste al nuevo? —preguntó Bruno para intrigar.

—¿?Ya está contratado? —respondió con una nueva pregunta abriendo sus ojos tanto como pudo.

—Aún no, pero tenía muy buena pinta, una vibra distinta a los demás.

—Nah, no, no creo —contestó preocupado, el escritorio de atrás debía mantenerse desocupado.

Bruno le dio una palmadita más en la espalda y aceleró el paso para alcanzar a los otros, que caminaban por delante de ellos y empezaban a perderse a lo lejos. Álvaro se detuvo en seco pensando lo último que había escuchado, ¿y si de verdad tenía muy buena pinta el joven pálido y tomaba el escritorio? Eso no podía ser bueno, significaría que no podría hacer lo mismo de siempre, al menos no hasta que tuviera una mejor relación con él, pero eso podría tomar tiempo y esfuerzo y esas dos cosas eran elementos que Álvaro no estaba acostumbrado a usar en vez de estar disfrutando de cualquier tipo de líquido etílico dentro de su organismo.

Ante tal pensamiento abrumador se propuso olvidarlo de la manera correcta, tomando de su termo; metió la mano hasta el fondo de su mariconera sólo para darse cuenta que lo había olvidado en la oficina, y así era como una noche de viernes podía ponerse fea. Estaba claro que no sería necesario dentro del bar pero no había manera que pudiera sobrevivir todo el fin de semana sin él. El simple hecho de imaginarse sobrio durante más de cuarenta y ocho horas le ponía los pelos de punta.

Siendo las seis y cuarto, debía tener unos quince minutos más para regresar antes de que cerraran las puertas. Habría sido un buen gesto avisarle a sus compañeros que iba a volver, al menos para que no lo esperaran tan pronto, pero no había tiempo para trivialidades, sus prioridades estaban claras.

Dio la media vuelta y como si se tratara de una situación de vida o muerte emprendió la carrera hacia la oficina, la creciente multitud en la calle era un desafío pero no había nada ni nadie que pudiera detenerlo. Para una persona que pasaba más de la mitad de su vida sin poder hilar palabras coherentemente, la habilidad que mostraba esquivando hombres y mujeres era extraordinaria, nadie pensaría que se encontraban con un hombre de mediana edad adicto a los efectos nocivos.

Apenas a las seis con veintitrés minutos, siete antes del mínimo requerido, Álvaro consiguió llegar a la oficina, desde la calle podía verse una luz encendida en el tercer nivel, cerró los ojos y sopló hacia arriba en señal de alivio. Se ubicó en la entrada al edificio, una gran puerta de madera era lo único interponiéndose entre él y su termo, tiró fuerte de la manija y con algo de fuerza y apoyándose contra la pared consiguió abrirla, esta solía trabarse con facilidad, razón por la que nunca la cerraban con llave hasta, precisamente, los viernes por la noche.

Una vez dentro, subió al segundo nivel; el suyo, las luces no estaban encendidas por lo que puso la linterna de su celular. Despacio atravesó el pasillo hasta llegar a su sitio, sobre el escritorio no había más que el monitor y el teclado.

—No no no —Se dijo a sí mismo con terror.

Apuntó la luz debajo del escritorio y de su silla, para su fortuna ahí se encontraba, aunque derramándose. Lo levantó del suelo y lo abrazó como si de un hijo se tratara.

El esfuerzo no había sido en vano y ahora podía regresar a su vida nocturna, o eso fue lo que pensó en un principio. Un ruido no tan lejano llamó su atención, no estaba seguro si eran voces o música o mero ruido pero se llenó de curiosidad.

Siguió el sonido hasta las escaleras, aparentemente este provenía del tercer nivel, dónde se hallaba la oficina del jefe y más salas llenas de cajas y herramientas cuya utilidad nunca se había preguntado. El tercer nivel tenía una puerta de aluminio blanco, a diferencia de los otros pisos con los grandes cristales que dejaban ver el interior. Por debajo de esa puerta salía una luz cálida pero si quería saber con más seguridad a qué se debía el alboroto tendría que abrirla.

Haciendo el menor ruido posible subió los escalones uno a uno, con los pies de puntitas. Llegó frente a la puerta a rastras para no ser visto, según su creencia. Se puso de pie y empujó la puerta tan lento como le era factible, temía que fuese a rechinar en algún momento pero no lo hizo, entró, la luz venía directamente de la oficina del jefe, alguna vez le habían mencionado su nombre pero había estado demasiado borracho como para recordarlo ahora, por lo que en su cabeza *jefe* era su nombre verdadero.

Se acercó lo más que pudo, estaba exactamente fuera y no podía ver nada porque los vidrios en la puerta y ventanas eran esmerilados, sólo podía ver siluetas, había tres de ellas. Lo que sí podía hacer era escuchar así que puso toda su atención en las voces.

—Te decía que me ha parecido excelente tu currículo, tienes todo lo que estábamos buscando

—Me he preparado mucho, me alegra ser parte de la familia, muchas gracias señor.

—No tienes nada que agradecer, te lo has ganado.

Álvaro comenzó a molestarse y también podríamos decir que algo de celos nacieron en él. Esto quería decir entonces que su estilo de vida tenía que cambiar, no lo creía justo para él, ya había dedicado mucho tiempo a ganarse su lugar y sus privilegios, por así decirlo.

—Esto merece una celebración —dijo la tercera voz, una femenina, no tenía idea de quién pudiera ser.

—Espera un poco amor —corrigió el jefe—. Antes que nada tenemos que hacer la prueba médica.

—¿Prueba médica? —preguntó extrañado el candidato—. ¿Ahora?

—Es rutinaria, ya sabes cómo es la burocracia en este país, será rápida —respondió el jefe.

—Hasta yo tuve que hacerla, ja, ja —dijo quien aparentemente fuera la novia o esposa del jefe.

—Okey, ¿qué procede?

—Colócate encima de la mesa por favor —dijo el jefe—. ¿Puedes ir poniendo la música para comenzar el festejo?

—Por supuesto flaco —respondió la mujer.

Álvaro no podía dejar las cosas así, tenía que hacer lo posible por mantener las cosas como estaban, no podía arriesgarse a que algún día el nuevo fuera con el chisme a decir que estaba atendiendo asuntos no tan importantes para la empresa, lo cual aparentemente ya era un secreto a voces pero no iban a permitir que se supiera abiertamente. Si no evitaba la contratación en ese preciso instante, probablemente lo despedirían antes de que se diera cuenta, o peor aún, lo forzarían a trabajar.

Mientras pensaba todo eso, el volumen de la música creció a decibeles extremadamente altos para la ocasión, sólo podía pasar por su mente lo bien que la estaban pasando con el nuevo favorito. El pretexto sería lo de menor importancia pero debía hacer su aparición lo antes posible.

Sin pena alguna Álvaro abrió la puerta, hubiera preferido estar borracho en ese momento para presenciar lo que estaba frente de él; el jefe sostenía una pequeña motosierra de mano y con ella, mientras sonreía, estaba atravesando el estómago del candidato, quien escupía sangre por montones y con otro tanto se ahogaba a sí mismo. La mujer dejó de apretar sus brazos una vez que perdió la fuerza para defenderse para ayudar al jefe, ella levantaba la piel y tejidos para que él pudiera cortar con mayor precisión, con la otra mano ella comenzaba a extraer sus órganos y los ponía sobre una bandeja plateada tan limpia que parecía espejo. Sangre comenzó a salpicar hacia todos lados cuando llegó a las costillas, la motosierra estaba haciendo un esfuerzo extra, pero el ímpetu no cesaba.

El joven movía sus piernas de vez en vez pero tal vez eran sólo reflejos del cuerpo mismo, no había manera de que siguiera vivo en ese momento. Una vez que el jefe dejó un rectángulo casi perfecto en el cuerpo retiró la motosierra sin apagarla. La mujer se acercó al cuello de la víctima y lo lamió, degustaba su sangre, parecía que le generaba suficiente placer como para arrojarse entonces a la boca del jefe y besarlo apasionadamente.

Ninguno de ellos había notado la presencia de Álvaro hasta que tiró su termo al suelo e hizo un ruido agudo con su tapa de metal, la motosierra dejó de hacer su perforante ruido y detuvieron el beso volteando hacia él.

Su cuerpo estaba congelado, el shock en el que se encontraba no le permitiría huir, su miedo sólo creció mientras el color de su piel palidecía casi al tono del excandidato. El jefe y la mujer caminaron hacia él y sin que pudiera reaccionar lo arrastraron a la silla, y lo ataron fuertemente con una soga, también se dieron el tiempo para detener la música. Álvaro ni siquiera parpadeaba, estaba hundido en el trauma por el que acababa de pasar, el mismo que continuaba.

—Eres nuestro favorito Alvarito, incluso tu nombre rima, ¿a qué regresaste?, ¿no debías estar ya borracho? —preguntó el jefe.

No podía responder, no podía mirarle, lo único que hacía era respirar cada vez con mayor agitación.

—Ahora tus amigos se van a preocupar por ti y… ¿Por qué arruinas las cosas?, ¿no te parece que mi marido hace suficiente por dejarte ser un eterno holgazán? —complementó la mujer, la esposa del jefe, aunque probablemente esa información ya no era capaz de procesarla.

—Tienes razón amor —interrumpió—. Dame tu celular Álvaro.

Como era de esperarse no respondió ni hizo absolutamente nada. El jefe tocó ambas bolsas de su pantalón y tomó su celular. Lo puso frente a su rostro para desbloquearlo y comenzó a redactar.

—Perdón amigos, he ido a casa a descansar y a beber a solas, nos vemos el lunes —decía mientras escribía—. Suena bien, ¿no?

—Muy convincente amor.

—Esto nos duele más a nosotros que a ti Álvarito, pero no hay remedio.

El jefe se giró y tomó su motosierra encendiéndola de nueva cuenta.

—¿Puedes poner la música amor?

—Con gusto —respondió y enseguida la puso al mismo volumen que antes.

—¿Cómo ves si ahora vamos por la médula? —gritó el jefe para que su esposa le escuchara a través del ruido.

Ella asintió, sonrió, y se acercó al cuello de su nueva víctima usando su lengua para recorrerlo hasta llegar a su oreja.

—Parece que seguirás siendo nuestro favorito.

www.matteoluoni.com

facebook/MatteoLuoniAutor

twitter/MatteoLuoni

www.ingramcontent.com/pod-product-compliance
Lightning Source LLC
LaVergne TN
LVHW021013200726
843506LV00012B/2326